すてきな のはらの けっこんしき

堀 直子 作
100%ORANGE 絵

あかね書房

あゆかは、いい　ことを　おもいつきました。
おかあさんから　もらった、きれいな
レース《れーす》の　ぬのは、はなよめさんの　かぶる、
ベール《べーる》　そっくりです。
そうだ、なかよしの　けいたと、
けっこんしきを　しよう。

あゆかは、さっそく
けっこんの　もうしこみに、
けいたの　いえまで、
いくことにしました。

あるいていくと、のはらの　あちらこちらに、
はなが　さいています。
かぜが　やわらかく　ふいて、はなたちが
ふわふわ　うたっています。
「けいたと　けっこんするんですって？」
「うん、そうよ。」
あゆかは、こたえました。

「でも、けいたって、ちょっと
いじわるじゃなーい？」

「いじわるじゃなーい？」

はなたちが、くちを　そろえました。

「もっと、いい　こが　いるわよ。」

あゆかは、びっくりしました。

「それは、だあれ？」

「けっこんするなら、やさしいのが　いちばんよ。

やさしいって　いったら、いぬの　シロ《しろ》シロ《しろ》よ。」

あゆかは、いぬの　シロシロ《しろしろ》に
あいに　いきました。
シロシロ《しろしろ》は、まちはずれに　すんでいました。
ちいさいけれど、きれいな　しろい　いえです。
シロシロ《しろしろ》は、あゆかが　いままで　あった
だれよりも、やさしい　めを　していました。

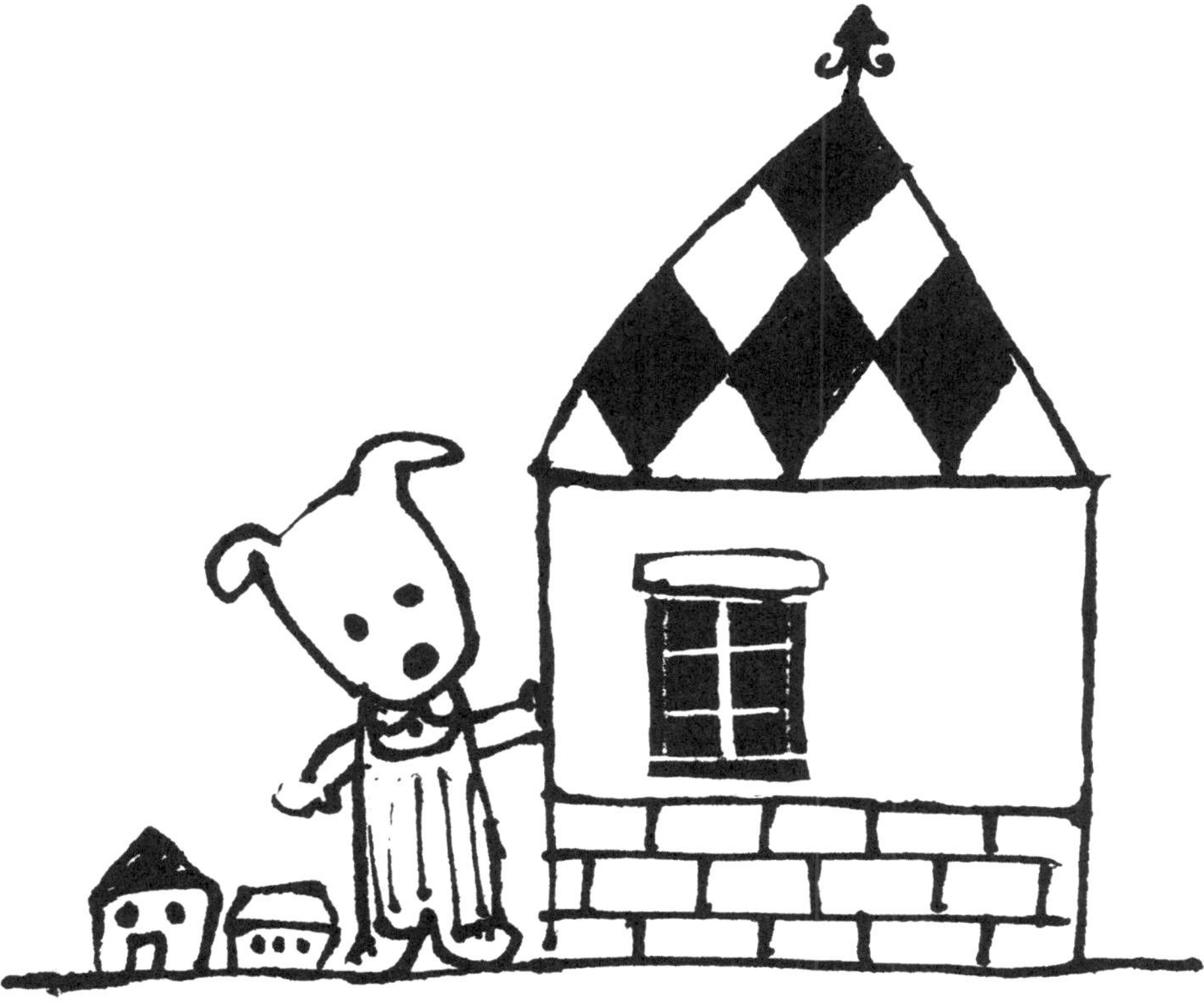

「あの、わたしと　けっこんしてくれる？」
シロ《しろ》シロ《しろ》は、びっくりしました。
「だって、やさしいのが　いちばんだって。」
シロ《しろ》シロ《しろ》は、ぷるんぷるんと　みみを　ふると、
「やさしいのも　いいけど、ぼくは
よわむしだからな。けっこんするなら、
きみを　まもってくれる、つよいのが
いちばんだと　おもうよ。」

「ねえ、その
つよいのって、
だあれ？」
「そいつは、
ねこの
マックロ《まっくろ》だ。」

あゆかは、　ねこの　マックロ《まっくろ》に
あいに　いきました。
マックロ《まっくろ》は、　もりの　いりぐちの、
バンガロー《ばんがろー》に　すんでいました。
きんいろの　おおきな　めが、
とても　つよそうに　ひかっていました。
「あの、　わたしと　けっこんしてくれる？」
マックロ《まっくろ》は、　びっくりしました。

「だって、つよいのが　いちばんだって。」

マックロ《まっくろ》は、かくした　つめを、にゅっと
むきだしにすると、
「そりゃ、おれの、この　つめに　かなう　やつは、
どこを　さがしたって　いやしないが、おれは
ちょきんが　ゼロ《ぜろ》だぜ。けっこんするなら、
おかねを　もっているのが　いちばんだよ。」
「その　おかねもちって、だあれ？」
「そいつは、いたちの　ピカピカ《ぴかぴか》だ。」

あゆかは、いたちの　ピカピカ《ぴかぴか》に　あいに、
かわの　ほとりまで　やってきました。
くさで　おおわれた、いえの　なかを　のぞくと、
きんかや　ぎんかが、ぴかぴかしていました。
「だれだ、おまえは？」
ピカピカ《ぴかぴか》が　いいました。
「わたし、あゆかよ。」
あゆかは、ちいさな

こえで　いいました。
「あの、わたしと
けっこんしてくれる？」
ピカピカ《ぴかぴか》は、
びっくりしました。
「だって、おかねもちが
いちばんだってって。」

「そりゃあ、おれさまが　せかいじゅうから
あつめた　おかねは　すばらしいが、
おれさまは、べんきょうが　だいきらいだ。
けっこんするなら、なんてったって、
きょうようの　ある　やつが　いちばんさ。」
「その　きょうようの　ある　やつって、だあれ？」
「そいつは、もりの　き、ウッド《うっど》さ。」

ピカピカ《ぴかぴか》は、ぎんかを　いちまい
あゆかに　わたすと、
「こいつは、おみやげだ。」
そう　いいました。
あゆかは、ぎんかを
ポケット《ぽけっと》に　しまいました。

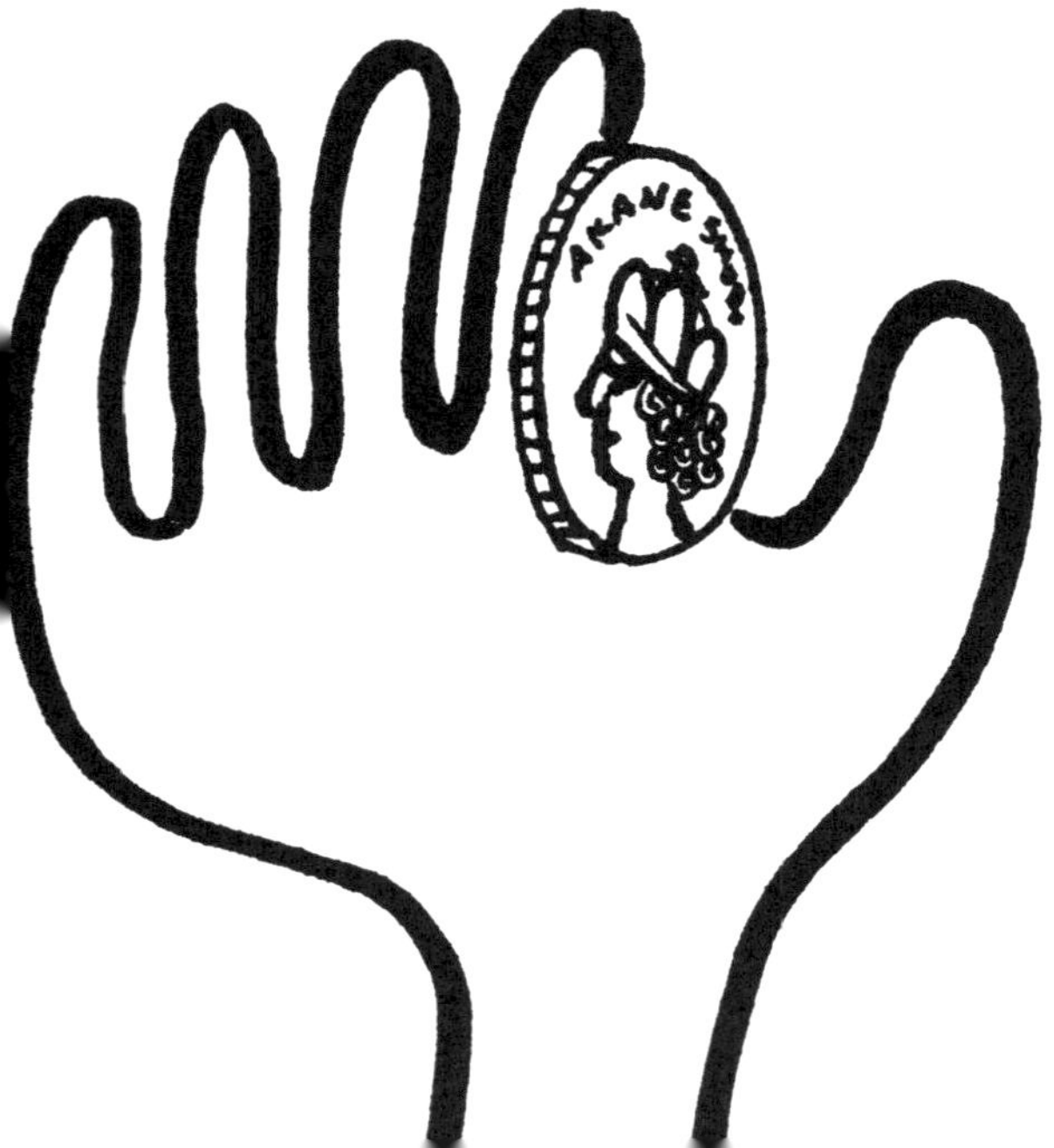

あゆかは、もりの　き、ウッド《うっど》に
あいに　いきました。
ウッド《うっど》は、みずうみの　ほとりに、
ふかく　ふかく、ねを　はやしていました。
「あの、ウッド《うっど》さん。わたしと
けっこんしてくれる？」
ウッド《うっど》は　びっくりして、えだを　さわさわ
ゆさぶりました。

「だって、きょうようの　ある　やつが
いちばんだって。」

「そりゃ、ここに　こうして、なんびゃくねんも
いきているのだからな。うちゅうの　すべての
はじまりと、みらいを　しっているのは、
この　わたしぐらいなもんだ。しかし、
おじょうちゃん、この　とおり、わたしは
うごけない。けっこんするなら、そら　たかく
とべる　やつが　いちばんだよ。」
「その、そら　たかく　とべる　やつって、

だあれ?」
「それは、とんびの
ハヤイ《はやい》だ。」

あゆかは、もりを　ぬけると、そらが　よく
みえる　ところへ　やってきました。

いちわの　とんびが、ゆうゆうと　わを
えがいて　とんでいます。

「ねえ、ハヤイ《はやい》って、あなたの　こと？」

あゆかは、いいました。

「そうだよ、きみは？」

「あゆかよ。わたしと　けっこんしてくれる？」

ハヤイ《はやい》は、びっくりしました。
「だって、そら　たかく　とべる　やつが
いちばんだって。」

「そりゃ、おれみたいに、じゆうに　そらを
とべれば、いう　ことは　ないさ。
どこでも、すきな　ところへ　いけるからね。
でも、おれの　しょくじと　きたら、なまの
さかなばっかりさ。きみ、けっこんするなら、
おいしい　りょうりを　つくってくれる
やつが　いちばんだよ。」
「その　おりょうりじょうずって、だあれ？」

「そいつは、くまの　グルメ《ぐるめ》だ。」

あゆかは、やまの　おくに　すむ、くまの
グルメ《ぐるめ》に　あいに　いきました。
グルメ《ぐるめ》は、しんせつに、あゆかを　いえの
なかに　いれてくれました。
いい　においが、いえじゅうに
ながれています。
「ねえ、なにを　つくっているの？」
「はちみつ　たっぷりの、イチゴケーキ《いちごけーき》さ。」

グルメ《ぐるめ》が、おおきな　からだを
かがめて　いいました。

「あの、わたしと　けっこんしてくれる？」
グルメ《ぐるめ》は、びっくりしました。
「だって、けっこんするなら、おいしい
りょうりを　つくってくれるのが
いちばんだって。」

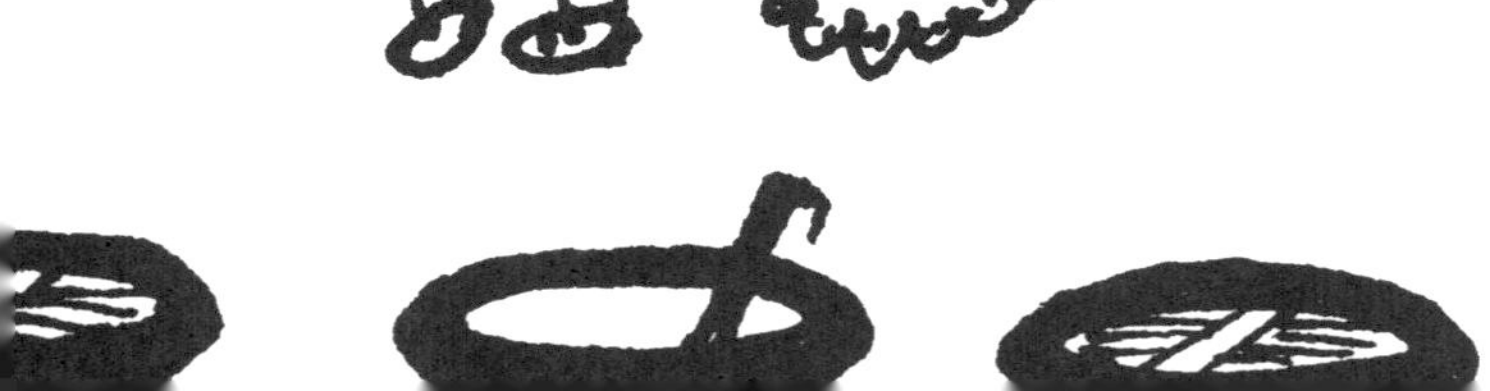

HONEY

「そりゃ、そうに　きまってるけど。」
グルメ《ぐるめ》は、ダイヤモンド《だいやもんど》みたいな　イチゴ《いちご》を、
やきたての　ケーキ《けーき》の　うえに　のせました。
それから、なまクリーム《くりーむ》を　しゅるるると
しぼります。
「だけど、いちばん　うれしいのは、つくった
りょうりを、おいしいって　いって、
たべてくれる　やつさ。」

「その　おいしいって　いって、たべてくれる
やつは、だあれ？」
「そいつは、くいしんぼうの　けいたさ。」

「おや、うわさを　すれば……。」

グルメ《ぐるめ》が、うれしそうに　いいました。

けいたが、ぽつんと　げんかんの　まえに
つったっていたからです。

「けいたちゃん、なにしてるの？」

あゆかが、ききました。

g

「ぼくね、むしとりに、ここまで　やってきたら、なんか、いい　においが　するからさ……。」

「そいつは、ちょうど　いい。」

グルメ《ぐるめ》が、いいました。

「いま、とっておきの　ケーキ《けーき》を、やきおわったところだよ。」

グルメ《ぐるめ》が、ふたりに　おやつを　ごちそうしてくれると　いうのです。

「さあ、どうぞ。」
あゆかは、
テーブル《てーぶる》に　ならんだ
おやつを　みて、
びっくりしました。
あゆかの
だいすきな
バナナプリン《ばななぷりん》や、

チョコレートパフェ《ちょこれーとぱふぇ》、
ホットケーキ《ほっとけーき》に
シュークリーム《しゅーくりーむ》まで
あったからです。
もちろん、
おおきな
イチゴケーキ《いちごけーき》もね。

「さあ、ふたりとも、
たくさん　たべて。」
グルメ《ぐるめ》が　いいました。
「いっただきまーす。」
けいたが　いいました。
「いっただきまーす。」
あゆかも　いいました。
だけど、けいたと　きたら、

「だめだい。これ
ぜんぶ、ぼくが
たべるんだいっ。」
と　いって、
ひとくちも、あゆかに
たべさせてくれません。

テーブル《てーぶる》の　うえの
ものを、ぜんぶ
たいらげてしまった
けいたは、おなかが
いっぱいに　なり、
ねむってしまいました。

あゆかは、なんだか　かなしくなって、
グルメ《ぐるめ》の　へやに　いきました。

なかから、グルメ《ぐるめ》の　こえが　しました。

「うまく　いったぞ、うまく　いった。」

あゆかは、くびを　かしげました。

「えいよう　たっぷりの、おれさまの　おやつを
くった、かわいい　こどもが、こんばんの
おれさまの　ゆうしょくだ。」
えっ！
あゆかは、びっくりしました。
「なんてったって、おれさまは、にんげんの
こどもが　だいすきさ。ひとくちで、ぺろりと
たべちゃうぞ。いや、まるまる　ふとった

けいたは、
ふたくちかな。」

あゆかは、いそいで　けいたを
おこしました。
「けいたちゃん、たいへん、
たいへんよ。」
「なあに、どうしたの？」
「はやく、にげなきゃ。
わたしたち、たべられちゃうわ。」

だけど、いえの　ドア《どあ》は　かたく　しまって、
ひらこうとしません。
あゆかは、まどガラス《がらす》を、いすで　ゴン《ごん》と
こわすと、けいたを　さきに　にがし、
じぶんも、まどから　にげようとしました。

「こらっ！」
りょうてを　ふりあげて、
グルメ《ぐるめ》が　やってきます。

「にがさんぞ！」
グルメ《ぐるめ》が、ガオーッ《がおーっ》と　おおきく　くちを
あけました。

あゆかは、とっさに　ポケット《ぽけっと》の　ぎんかを、
グルメ《ぐるめ》めがけて　なげつけました。
「う、いたた。」
ぎんかは、グルメ《ぐるめ》の　めに、
めいちゅうしました。

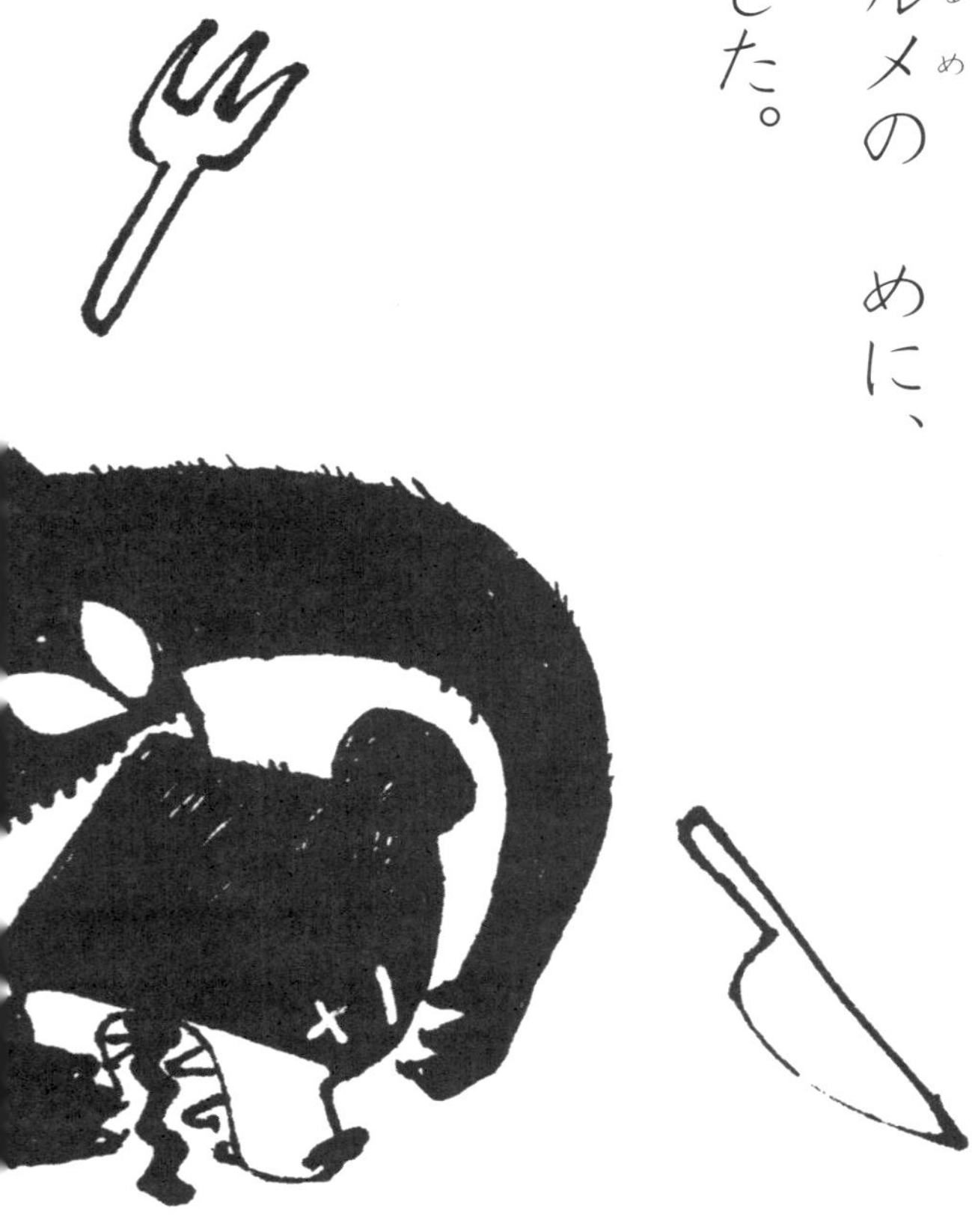

SHOBO

その　すきに、
あゆかと　けいたは、
やまを　かけおりました。
のはらが
みえてきました。
もう、
だいじょうぶです。

「あゆかちゃんって、やさしいんだね。」

のはらの　はなに　かこまれて、
けいたが　いいました。

「ぼくを　にがしてくれるなんて。」

「まあ、ね。」

「それに　つよい！」

「まあ、ね。」

「くまの　グルメ《ぐるめ》の　わるだくみ、

わかっちゃうなんて、きょうよう　あるし。」
けいたは、もっと
つづけます。

「おかねだって、もってるよね。ぎんいろの
きれいな　おかね。」

「あ、あれはね……。」

「あしも　はやいよ。」

けいたが、うっとりして　いいました。

「ぼく、なんだか、けっこんしたくなっちゃったな。」

「かんがえとくわ。」

「どうして？」

「だって　けいたちゃん、おやつ、ひとりで
たべちゃったじゃない？」
「ごめんね。」
けいたが　あやまりました。
「けっこんしたら、
おやつだけじゃなくて、
おいしい　おりょうり、
ぼくが、まいにち　つくるよ！」

「うん！」

あゆかは、にっこりしました。

「じゃあ、ここで　けっこんしきね。」
あゆかは、レース《れーす》の　ベール《べーる》を
あたまに　かぶりました。
けいたは、ポケット《ぽけっと》の　ハンカチ《はんかち》で
ちょうネクタイ《ねくたい》を　つくりました。

「おやおや、あゆかと
けいたが
けっこんするわよ。」
のはらの　はなたちが、
にこにこ
おしゃべりしあいます。
「よかったね！」
「よかった　よかった、

おめでとう！」

あゆかと　けいたは、
はなたちに　バイバイ《ばいばい》すると、
てを　つないで、いえまで
スキップ《すきっぷ》して　かえりました。

◆この本の作者

堀　直子（ほり　なおこ）

群馬県に生まれる。昭和女子大学卒業。「おれたちのはばたきを聞け」（童心社）で、日本児童文学者協会新人賞を受賞。「つむじ風のマリア」（小学館）で、産経児童出版文化賞受賞。主な作品に「ライオンとさんぽしながら」「ゆうれいカメラで名探偵！」『銀のたてがみ』シリーズ（以上あかね書房）、「おかのうえのカステラやさん」（小峰書店）、『ゆうれいママ』シリーズ（偕成社）などがある。長崎県在住。

◆この本の画家

100%ORANGE（ひゃくぱーせんとおれんじ）

及川賢治と竹内繭子の二人組ユニット。雑誌、書籍、絵本からオリジナルグッズの製作まで、幅広く活躍している。本書挿画は及川賢治による。主な作品に「スプーンさん」「コップちゃん」「くつしたくん」（以上ブロンズ新社）、「ぶぅさんのブー」（福音館書店）、「ドーナッツ！」（PARCO出版）などがある。ともに東京都在住。

●わくわく幼年どうわ⑦

すてきな　のはらの　けっこんしき

二〇〇三年九月　初版発行
二〇〇九年三月　第四刷

作　者　堀　直子
画　家　100%ORANGE
発行者　岡本　雅晴
発行所　株式会社　あかね書房
東京都千代田区西神田3-2-1
電話　03-3263-0641（代）
〒101-0065
印　刷　株式会社　精興社
製本所　株式会社　ブックアート
NDC913／77P／23cm
ISBN978-4-251-04017-6

＊わくわく幼年どうわ＊

1．どんぐり、あつまれ！

佐藤さとる・作　田中清代・絵

ゆうこは、ひろってきたどんぐりに顔をかきました。
すると、どんぐりたちがサッカーを始めて……。

2．へんな いぬ パンジー

末吉暁子・作　宮本忠夫・絵

ノリくんが学校の帰りに見つけたのは、逆立ちしたり、
あっかんべーをしたりする、へんな犬でした。

3．ぼくは ガリガリ

伊東美貴・作絵

まわりのねずみになじめないガリガリは、旅に出る決心
をしました。あひるやさるに出会ううちに……？

4．ぶなぶなもりの くまばあば

高橋たまき・作　藤田ひおこ・絵

ぶなぶなもりでまいごになったちいちゃんは、大きな
くまと友だちになり、家に招待しますが……。

5．ごきげん こだぬきくん

渡辺有一・作絵

こだぬきくんは、わんぱくで元気な男の子。つぎつぎと
楽しいことを考えて、いつもごきげんです。

6．もりの なかよし

つちだよしはる・作絵

きつねのこ、くまのこ、うさぎのこ、たぬきのこは、
なかよし。夏の海、秋の森、冬の雪のおはなし。

7．すてきな のはらの けっこんしき

堀 直子・作　100％ORANGE・絵

あゆかは、結婚式をしようとでかけました。動物たちに
「結婚してくれる？」とたずねると……？

〈以下続刊〉